句集

雷の跡

加藤瑠璃子

角川書店

句集　雷の跡／目次

装丁　熊谷博人

句集　雷の跡

春夕焼

平成二十一年—二十三年

総持寺の坂や枇杷の実色の出て

実をつけし猪《しし》独活《うど》の立つ峠道

弟切草熊出る山に一歩入り

切子玉勾玉管玉青葉中

夕虹の地に近きほど濃くなりぬ

西日中単線に乗り海へ出る

捨て案山子吐息するごと千枚田

秋霖にまはる水車や無音にて

雨の中どこまで行つても曼珠沙華

聞こえなくなるまで聞きぬ秋の鐘

野菊群るる旧街道の分岐点

とけるだけとけし地蔵や石蕗の花

鳥渡る一瞬何もかも忘れ

ねむりたる鴨の間に亀もゐて

にくまれしままに枯れゆく大蟷螂

松茸を探しし山に小半日

鹿《か》火《び》屋《や》らし人気の無くて灯の洩るる

冬苺青梅に古き戦跡

枯烈し鎌倉古道の鎧塚

大綿の飛び出してくる古墳道

寒夕焼子等の声無き長き露地

今日もつとも寒星を入れメタセコイア

挿せし葉の冬も緑にさるをがせ

悼・川崎展宏氏　二句

また一人戦列離れ冬銀河

煤逃げと言はれし人と言ひし人

大鮟鱇べたりと置かれ箱の中

針供養針には色の糸通し

それぞれの音にて帰る鴨白鳥

三角の庭や三角に花を植ゑ

雪の降る波紋の下の鯉の群

豆を撒く子の後に蹤き一つ撒く

それ以上待ちても何も来ぬ立春

寒雀散りたる後に椋一羽

友の死や寒満月を雲が呑む

あたたかさ残してゆきぬ春夕焼

春夕日枝にひつかかりつつ落ちぬ

胡沙くるらし枝といふ枝打ち合ひて

胡沙来たり胡沙には胡沙の道ありて

水ぬるむ小貝の生き死にはげしかり

真つ平らなり関東平野耕され

花筏流速に乗り数の増え

枯れきりし木を割りて出づ葡萄の芽

曇天の帰つてしまつた鴨の池

藤大木一本の木のその広さ

井上ひさし氏を悼む

黄沙くる道あるらしきまたもくる

遅桜武田終焉の地を通る

信玄の墓に畏む木の芽中

武者幟まだ菜の花が咲いてゐて

甲州の旧家や吊し雛飾り

千枚田に幾筋もの道田が植わり

千枚田すべて植わりのさざなみす

千枚田早苗田となり海へ落つ

海よりの夕焼を入れ千枚田

湧くやうに子燕並ぶ巣立ちらし

ぎんやんま力溜めつつ産み継ぎぬ

オーロラのやうな夕焼すぐ終はる

見ねば居ても居ぬと同じや群雀

梅雨深き森は太古のにほひせり

飛ばむとす雀を制す夏燕

俄雨滝に入りゆき滝となる

瞬間の真昼の空間やんま産む
みんみんの叫ぶやうなる鳴き始め

子蟷螂怒り全身しなはせて

炎暑なり三日月昨日と同じ駅

葬の列炎天の角へ消え失せり

蟻の寄る獲物やすぐに乾びゆく

何時しかに炎天の端歩きゐる

炎天来て静かな夫の目に会ひぬ

小鳥くる今朝新しき声の主

芒原果てしなきまで月の中

冬鳥の来ぬ前の池静まりぬ

幼児等の降りたる後やバッタ飛ぶ

約束するだけで楽しき秋の夕

秋草のそのまま冬となる気配

鴨よりも鷗の多い今朝の池

矢のごとく月日走りゆき十二月

交響曲奏でゐるやに芒原

寒月光雪のごとくに庭に満つ

数へ日や子と数へゐる鳥の数

前屈《こご》みの五百羅漢と年越しぬ

病む夫が寒満月を見たしといふ

看取るかな冬夕焼を近くして

柩出る一人は石蕗の花踏んで

叫ぶは何時も形にならず蕗の薹

どんど焼き片目の達磨燃え出して

少年のやうな目を持ち雪を来る

空をゆく白雲の一つが雪持つて
まがんと白鳥空が動いてゐるやうに

遠山の雪の残れる駅に下車

息吐けば吐息するごと吊し雛

降る雨は海より来たり雛の日

春怒濤川の流れに流れ込む

春耕のはじまりし地を津波呑む

春津波原発事故を起こし去る

津波去る春の地面に牛と犬

春星や停電続く都市の上

遥か下の躑躅へ下る道一本

緑風の満ちし工房鑿光る

仏になる前の仏や青嵐

青鷺舞ふ古利根の光広げつつ

一つ一つ花の名覚え立夏かな

何時の間にか住処と決めて蟇の栖む

泰然たる喧騒の上の入道雲

待ち合はす入道雲の神田駅

一つ拾つて次も拾ひぬ青胡桃

城跡や采《ざい》振《ふり》木《ぼく》の実教へらる

山間の田に湧くごとき白き鷺

噴煙まで新緑を行く草千里

田植する阿蘇の五岳の影の中

津波など無きがごとくに夏の湾

影一つ連れて歩きぬ炎天下

昼寝して緊張解かぬ猫の耳

夏祭果てたる小さき町通る

蔓出づる踏まれませんといふ貌で

餌獲れず立派過ぎたる蟻地獄

風溜めて風離しゐる酔芙蓉

満月に古代ガラスの持つ力

安曇野や籾殻焼く火間近にし

大王の墓とや曼珠沙華囲み

紅葉はじむ馬頭観音山へ向き

甌穴に入りては流れ秋の水

田仕舞の煙や雲置く山を這ふ

蟬しぐれ

平成二十四年―二十五年

動かねばわからぬものをバッタ飛ぶ

守宮出て動いてをりぬ猫の髭

月食の寒満月の燃ゆるかな

葱の列満月を上げ粛然と

友の瞳の輝きはじむ雪降れば
雲中より夕日下り来る冬の海

恋の猫闘ふ形をして眠る

引き継ぐは命のみやと雪に立つ

地に低く月《げつ》虹《こう》といふ寒の虹

影すべて直線となり破蓮

春の闇帰る気配の鴨うごく

万の人入れし海なり春の闇

望遠鏡氷上はるかに狐の目

雪解田や深さで色を変へる水

雪代の田に人とゐて暮れゆけり

遠のきてゆくほど淋し残り鴨

濁流を一日見てゐる春の旅

雷雲の過ぎたる後は靄となり

見る角度変へては初夏の伎芸天

女人高野登りてゆけば蟻の列

炎天下ひっそりと墓整然と

ほうたるを見むとて宿の下駄を借り

ほうたるの点滅音を持たぬ闇

翡翠と距離縮めむと帽子脱ぐ

翡翠の飛翔まばたきの間の一瞬

地震跡の残る山あり青嵐

秋暑し決めかねしものまだ決めず

大き影残してゆきぬ黒揚羽

気になること忘れてをりぬ蟻をみて

秋暑き猿の出て来し山の駅

咲ききりし夕顔の花力あり

藁塚の煙うごめく人の形

人のゐる気配消しゆく曼珠沙華

火の帯の百万本の曼珠沙華

石蕗の花塵一つなき参道

沖はいま寒冷前線通過の目

城ヶ島海より時雨上り来る

冬に入る大蛇貝といふ貝殻も

暮れ早き浜灯台に灯が入り

冬の川全面音もなく動き

船だまりの船ゆらしゆく初しぐれ

初しぐれ雲の行方を追うてみる

冬紅葉水底までも赤く染め

枯葉舞ふ鉄幹晶子住みし跡

冬の鹿大きい順に並び来る

冬雀柔らかさうな腹を見せ

冬蒼き海に一本道の添ふ

富士全形初夕焼けの中に立つ

寒月下鯉がかたまりゐたるかな

渡り来て冬鴨となり散らばりぬ

海近き運河へ入りぬ鴨の水脈

雪の夜を灯してをりぬ水天宮

雪降りても降りても海に呑み込まれ
いつせいに芽が出て枯木光り出す

どれほどの線量ならむ黄砂来て

軍艦の並ぶごとくにビル黄砂

寒星の淋しき駅を通過せり
残雪の遠山脈や銀色に

三月の鯉や紅色深くして

たびら雪昨日降りたる雪の上

低きから低きへと立ち春の虹

かたまりてゐても淋しき犬ふぐり

こごみ採る他のこと何も考へず

風光る分だけ鯉のよそよそし

盛り上がる若葉や川のやうな濠

蟇音なくころげ姿消す

小さな蕗小さな七つの穴を持ち
いたどりの広がる原に道消えぬ

近づくほど雪の飯豊の聳え立つ

飯豊山夏には夏の雪深き

けもの道岩団扇の群れ咲くといふ

白き巨木骨のごとくに梅雨に浮く

夕凪に影を濃くして漁船群

何処までも歩きたくなる芒種かな

火の玉となりつつ終はる線香花火

立ち止まれば山蟻と会ふ九品仏

万緑を抜けるとき風音を持つ

敗戦てふ遠き日のこと蟬しぐれ

山中や入りゆくほど遠ひぐらし

夕焼に包まれてゐるバスの中

空蟬となりても力ゆるめざり

仁王像炎暑の中になほ光り

みちのくに大太鼓打つ夏の果

昂りし太鼓の掛け声跳《はね》人《と》跳《は》ね

風が出て煙霧となりし滝の前

貴婦人のやうなる死なり蝦夷蟬てふ

蝦夷蟬の鳴き出す朝や海見てをり

尼寺にお守り買ふも秋黴雨

単線の眼下に続く蕎麦の花

耿々たる満月に顔出す鯉の群れ

雨雲の割れ目割れ目に鰯雲

秋の鯉

平成二十六年—二十七年

霧の中どう動いても霧まとふ

雲の間にきれぎれにあり冬の虹

狐火とて小川芋銭の絵の楽し

冬耕の人顔上げず遠ざかる

白鳥みな足抱へ飛ぶ町の上

鳥渡る昨日のままの今朝の空

雪が降る地平線までけぶらせて

堂々の雪を乗せたり磐梯山

青空を波に巻き込む冬の濤

幾筋も滝跡残し涸れし谿

雪の夜や同じ顔なる六地蔵

氷瀑の前なり己透き通り

凍てるだけ凍て氷瀑の動かざる

凍てつきし山抜けてゆく雲の群れ

冬夕焼全山燃やし消えゆけり

遠くより盛り上がりくる冬の濤

冬濤引く小石転がる音のして

雪乗せて白鷺雪の中に立つ

紅梅や静かに雪の積り出す

造形以上の造形山に雪が降る

冬耕の人無き関東平野かな

充実す一日寒林歩き来て

流されて花筏となる梅の花

菜飯など炊きたる頃や母のをり

蟇鳴きぬ啓蟄の日の三日前

燃え上がるだけ燃え上がる野焼きの火

水面の春満月を割りて鯉

春一番大きな星の出揃ひぬ

立札へ誘はれてゐる春一番

青青と春の青鷺飛び出せり

春嵐木瓜を咲かせて去りにけり

やはらかな全身みせて春の山

車窓みな耕されたる田の並び

磨崖仏桜吹雪の舞ひきつて

死の真相不意に告げらる花の中

寝足りたる山や一気に新芽吹く

つくしんぼとりたくなりて見てゐた日

日本の田すべてが田植済みたる日

白き虹立つ日や友の訃報来る

落日の空にひろがる岩燕

とびとびに麦畑ありて輝きぬ

かへり来る山彦を待つ山は初夏

未だ雷ゐるらし猫のかくれしまま

荒々しき雲湧きそこのみ夕焼けす

一日の終りに見上ぐ百日紅

さざなみを金色にして夏入日

いまもつてしんがりを見ず蟻の列

不器用に不器用通す炎天下

炎昼や医者への道を影と行く

生きてゐるやうな抜け殻蛇なりし

空すべて覆ふときありいなびかり

迎へ火焚き送り火を焚き子と二人

残雪の山間近にす青嶺越し
覚えなき花の出でたる秋の端

跳ねし後静かに潜る秋の鯉

落ちて転がり青柿青を失はず

南下する車窓賑はす藁ぼつち

小鳥きて微動だにせぬ北山杉

北山杉秋日の中に整然と
磨かれて北山丸太秋光裡

並び立つ北山杉に暮るる秋

茸飯茶屋に灯点る頃となり

合戦の跡とや紅葉の中に入りぬ

冬の日を溜めては放つ窓の外

年年に数の減りゆく浮寝鳥
浮寝鳥ながながと水尾残しゆく

出る川も入る川もなき氷る湖

餌をさがす鴨に夕暮早かりき

涸滝の近くに水の音ありて

蒼鷹大河一足飛びに越え

寒の雨葬列動き始めたり

海と空一つになりぬ寒夕焼

無辺とは限りなきこと冬の海

冬山を歩きゐるらむ友の魂

冬の日の沈まんとして金色に

春星忌いよいよ年の瀬となりぬ

初詣福拾はむと神籤買ふ

ふくらむだけふくらんでゐる冬の鷺

影一つ連れ荒星の下帰る

昨日一つ今日また一つ蕗の薹

争ひの絶えぬ世なりし梅咲くも
鴨の群れ番となりて鎮まれり

今も目に戦火に消えし雛達

飾られし雛や茶室と牛車持ち

春の夜や人には会はず蟇に会ふ

おたまじやくし五匹大事に飼はれをり

人骨にて造りし仏麗らけし

生き物のごとくに雪崩走り来る

曇天に刈られるを待つ麦畑

ずみ咲けばずみをきれいと誰も言ふ

万緑につぶされしかな仁王の目

めまとひのかたまり一ヶ所より崩れ

大木をおほひつくせり山の藤

死んでもそれと気づかれぬ金魚の死

迷ひなく蝶道を来る黒揚羽

崑崙花なる花いただきぬ梅雨最中

風の無きところより風の楸邨忌

蜥蜴の子胴の二倍の尾にて去る

空蟬の目やはるかなるものを見て

台風去り山脈のごとし雲高く

清らかに何も望まぬ青き柚子

青き柚子枝ごと切りし子の背中

一輛車眼下芒の原続く

雨蛙飛ぶたび我を見てをりぬ

めじな釣り見えてる魚は釣れぬと言ふ

枯蟷螂終る命を思ふかな

鶴の声

平成二十八年—三十年

地をおほふ落葉の上を落葉落ち

たゆたひて頭上去りゆく渡り鳥

寒夕日群れて鳴き合ふ鶴の声

静かなる朝日支配す冬の湾

阿修羅像美しきかな冬に入る

新年の空へつながる大晦日

皎皎たる寒満月や控へめの

水鳥の点点とゐる川暮るる

海面をすべておほひぬ寒夕焼

春一番ルーツ確かむる旅に出る

枯るる木と枯れぬ木のあり雪降る夜

ひつそりと白梅の咲く山に入る

豆撒けば生き生きとして猫走る

一番星控へ目に鳴く蟇の声

空無限無限の雪の怖さかな

白鳥の南限に立ち見送りぬ

二月なり今年の蟇の鳴き始め

庭の面にぽつんぽつんと蕗の薹

遠くに雪山菜の花がまだ咲いて
音持たぬ紋白蝶の動きゆく

ゆるるたび匂ひ濃くなる藤の花

波来れば崩れまた寄る花筏

落つる日を沈めんとして初夏の海

白き白き庭や花韮あふれゐる

道祖神はや夏草の中にあり

夕焼や最後の光横に伸び

青嵐低き山脈けぶらせて

何ものかを待つやうにして沢紫陽花

命日に満開となる崑崙花

田水張り山にぶつかるまでを植ゑ

門柱をかたつむりの子ら登りゆく

蟻の行列発見すれば土動く

熊出るといふ森や海霧湧き出しぬ

一面の青田千枚靄の中

ぬかるみを除《よ》けては梅雨の芭蕉道

白き霧湧き来る早さ鳥海山

青嵐山より来たる水の音

黒揚羽森にも蝶道あるといふ

雲の峰夕日に燃え出しさうにして
黒き雲瞬時に分けて雷鳴らす

雨来るとみんみん蟬に教へらる

ひつそりと舟つなぎ石梅雨に入る

何処からか便り来さうな星月夜

登りゆく形のままの蟬の殼

歩き出すやうにも見ゆる鶏頭花

月白の空のさびしさ星見えず

中秋の名月囲む青き空

生き物のごとくに迫るタイフーン

ふと見れば並びて顔出す秋茗荷

月白や静かな道を風走る

しばらくは色無き風を追うてみる

天の川見ることなしに夏終はる

咲くものは咲き晩秋の庭静か

初しぐれ地上より蟻消えたる日

動きゆく白鳥に付く池の水
みぞれかと思へば雪にすぐ雨に

新春や江戸の味とて一品に

ひそやかに舞ふときもあり里神楽

飛行機が飛行機を追ふ冬の空

木枯しやメタセコイアを殺《そ》ぎ抜けて

見えぬもの見ろとや父の好きな冬

何時見ても黙して立ちぬ石蕗の花

雲割りて寒満月の現るる

初日の出見守る中を昇りゆく

すぐそこに春を感じる空の青
誰にも負けず紅梅の咲き始む

見られゐることを知らずに蟇冬眠

見つけたと思へば空《から》のかたつむり

空青くそれより青き冬の海

草の芽の小さきもののほどぴんと立ち

ふきのたう少しの風にも反応す

青き踏む緑途切れても歩き

何時か足菜の花の中に紛れ込む
朝焼の広がり切る時色の消え

風の中白木蓮の咲き初む

かたくりの花や群れてもまださびし

風吹けば風のままなり白木蓮

花筏動きし下を鯉の列

風なくて微動だにせぬ芽吹く木々

白き満月白き櫻の頂きに

皓皓たる満月を追ふ青き星

阿賀野川森から森に藤の花

雪解けの水奔り出す春の山

五月雨の川は茶色に色を変へ

麒麟山磐と緑にかこまれて
蟻が這ふ遥かなるもの見つめつつ

久々の句会や蜂のまぎれ込み

兵隊のごとく動きぬ蟻の列

新緑を歩くだんだん透き通り

涼しさの夏の底へと竪穴住居

楸邨忌近づく何もかも変らずに
夕焼の色に救はる我が夏ばて

月光の中に入りし蟇

夏の夕焼どこか淋しき色残し

壮快な朝焼くぐる鳥の群

隠れつつ奔《はし》り抜けゆく小さき蟻

雷突然消えゆく時はなほ早き

暑き日をものともせずに鯉の群れ

燃ゆるごとき夕焼に会ひ気を貰ひ

おくのほそ道大やんま飛ぶ芭蕉塚

日が沈み光り始めぬ月と露

秋霖や坂多ければ流れ出す

時雨るるやくだらくわんおん音も無く

冬 桜 夜 の 黙《しじま》 に 屹 立 す

暗き中なほ白くなる夜のさくら

見るほどに悲しくなりぬ曼珠沙華

秋の蝶快晴なれば光り出す

今日の風は月めぐるらし白くなり

法隆寺冬のさくらが咲き出して

冬に入る一直線の白き雲

北風に大輪のバラあきらめず

冬の黄蝶かろやかに舞ひすぐに消え

夕焼の中に光りぬかひもみぢ

冬の尾根黒コゲといふ雷の跡

冬蝶のかろやかにして消えゆけり

昨夜一つ今朝また一輪冬薔薇

真つ白な雲流れゆく冬の海
沈みゆく冬日一瞬波が呑む

スーパームーン裸木の並び立つ

初明り海を沈めるほどの海

凍て曇り空ゆく雲の唯静か

あとがきにかえて
土屋文明先生と加藤楸邨

加藤瑠璃子

加藤瑠璃子と申します。よろしくお願いします。実は風邪をひいていましてね、声が悪いんですね、本当はもう一寸良いんですが残念です。

それで今少女のような目と言われて、嬉しくなりましたが私は反対に「寒雷」の方皆さんにそう思います。やっぱり違うんです、嬉しいことがあって話すときの目は。男性は少年のような目、女性は少女のような目ですよ。俳句をやっていて良いと思うのは、そういう目を持った人の中にいられると思う時です。

「土屋文明先生と加藤楸邨」という題なんですが、今日のこの場所が土屋文明先生の記念館と伺ったので、ぱっと頭に閃いたんですね、これは文明先生のことを話す以外にないと。文明先生は高名な方ですから、どなたもお名前はご存じでいらっしゃると思いますが、私に話す権利みたいなものがあるとしたら、それはお目にかかったことがあるということです。たった一回のことだったのですが……。多分皆さまはお目にかかったことがないと思いますので……。それがひょんなことから、お目にかかることが出来ましたのは、文明先生が読売新聞の短歌の選者をなさっていらした時に、ちょうど楸邨が読売新聞に頼まれて、エッセイを書いていたようなのです。連載で。その原稿を取りにいらした文芸部の記者の方が、お帰りになる前の雑談で「先生、ところで文明先生には最近お会いになりましたか」と言われたのです。そうしたら楸邨は「いいえ、中国に行った時以来一度も会っていません」と答えたのです。そうしましたらその方がびっくりしましてね。中国に一緒にいらしたのは終戦の年の一年前で昭和十九年なんです。家に原稿を取りにいらしていたのは、昭和六十三年ですから、四十四年も前のことになります（文明先生の方が歳が上で楸邨とは十五歳違いになります）。

私が文明先生と「先生」をつけますのは、私の母が短歌をやっていまして、若い時文明先生の手解きを受けていました。私は、少女の頃から……自分のことを少女と言ったらおかしいですが、小さいときからよく「文明先生がね」と母の言うのを聞いていました。ですから未だに土屋文明とは言えないでいます。

一．土屋文明先生宅訪問

文明先生は、百歳で亡くなっていますので、その亡くなる二年前というと、九十八歳の時です。楸邨は八十三歳の時ですが……。「お会いしないのは勿体ない」とその記者の方がおっしゃって。

「お元気な方ですから、楸邨先生がいらっしゃりたいのならお連れしますよ」と言ってくれたんです。「そりゃーお会いしたいな」と楸邨が言いますと、早速文明先生に連絡をとって下さり、すると「僕も嬉しい。是非お会いしたい」ということで、お目にかかることになりました。

後日、自動車で迎えに来て下さって行きましたんですが、その頃文明先生は原宿から奥の方に入った所に住んでいらっしゃいました。一番印象的だったのは杖を突いて、玄関まで出てきて下さったことです。家の中で杖を突くというのは普通は畳や廊下を傷つけますので家人は嫌がるものなんですが、文明先生のお家なんだから、文明先生が杖を突いていらしても、まして九十八歳の時なのですから何も言うことはないのですが、びっくりして「お家の中で杖を突いていらっしゃるんですか」とお聞きしてしまいました。すると付き添っていらしたお嬢さんが、「竹が一番軽いので特別に作っていただいた杖で、これが一番畳などを傷めないんで、いいんですよ」とおっしゃり、「軽いし傷つけないし、安心ですし」と言われ、お元気で歩けるだけで素晴らしいのだと改めて思いました。

　文明先生は楸邨の顔を見るなり「おっ、あなたお若い。いくつになりましたか」とおっしゃって、楸邨の手をとりました。楸邨はその時八十三ですから、若いと言われることはなかった頃で、「いやあー」と、うれしいような、びっくりしたような顔をして、喜んでいました。文明先生は九十八ですから、若くて元気に見えたのかも知れません。記者の方がおっしゃるには文明先生は歌会（俳句でいえば句会）の席に亡くなる少し前まで出ていらして、ご自分一人では壇上に登れず、お弟子さんが両側から抱えるようにして席にお連れして、講評は一人一人に対して全部なさったそうで、僕は感心して見ていたんですと、おっしゃっていました。その頃、文明先生はお耳が遠く、楸邨の言ったことは、断片的にしか伝わらず、お嬢さんが通訳して下さっての会話でしたが……。

お互いに無事で、元気で、と喜んだ後、やがて文明先生のお話は、戦争中の食糧難のことになりました。楸邨の顔を見ているうちに、戦時中のことを話したくなったのかも知れません。群馬県の方へ疎開されたらしいのですが、道ばたの草などを食べられるのと食べられないのとをちゃんと区別がついて、いつも摘み草をしては食べていたんだというようなお話をなさいました。「地元の連中が何か言っていたが、なあに気にしないで……」と。

二．文明先生のお墓

文明先生はまた、もうそろそろ年だからお墓を探そうと思って、青山墓地が直ぐ傍なので訊きに行ったら満員で駄目だと言われ、すぐ近くなのにと憤慨していたそうです。そんな時に息子さんが秩父の山の方へ、ドライブするからと誘って下さったそうで、山の方へ入っていくとお寺があり、そこに「お墓あります」という看板が立っているのを見て、交渉してすぐに買ったそうです。それですぐお墓を建てて、高かったようですが……。そのお話を伺った二年後に亡くなったんですね。そのお墓は何というお寺にあるのか、思い出せなくて申し訳ないんですが……。秩父の札所の一つであることは確かです。山を一寸上がって行った所で、庭がきれいに手入れされていたお寺さんで……。

　私は後年たまたまそのお墓の前を通ったことがあるのです。山を歩くのが好きだったものですから、秩父にも随分行きましたが、ある時案内して下さった方がここに文明先生のお墓があるんですよと教えて下さったのです。それでお参りが出来ました。うれしかったですね。景色の良い所にあって、文明先生にお似合いの場所ではないかと思いました。お話の内容はこの位しか覚えていないのですが、帰るまで和やかな雰囲気でした。

昭和十九年は中国に行った年ですけど、楸邨は昭和の年に二十加えればいいので、すぐわかります。ですから楸邨が三十九歳の時です、それに十五たしたのが文明先生の歳ですから、五十四歳ですか。その時以来の再会ですからね。会った途端に両方からワッという感じでとても懐かしそうに、やっぱり苦楽を共にして大変な時に行って帰ってきていますからね。

この旅行は問題になるんですね、後でね。ほんの一寸そのことに触れると、戦争中も楸邨は句会をやっていたわけですけど、その頃「寒雷」に三人の軍人さんがいらしたんですね。清水清山さん（大佐）、秋山牧車さん（中佐）、本田功さん（少佐）と。三人とも「寒雷」の同人の方で、句会で並びますと軍服で来ますので、凄く目だったようなんです。「寒雷」の句会は凄いような感じになるのですが。特に秋山牧車さんは大本営報道部長というのをやっていらして、昭和十九年というと日本が負けだしている頃じゃないかと思うんですが、戦っている人を通してばかりではなくて、または報道関係だけでもない、文芸的な目を持った人にも見てきて欲しいという。「芸術的な意図の下に終始してきて下さい」と牧車さんがおっしゃったようです。しかし命の保証はないわけです。

まだ船は沈められることはない時とは思うんですけれど、何時何処で命を落としてもおかしくない状態の所に行くことになります。

雲 の 峯 夢 に も わ き て か ぎ り な し　楸邨

がありますが私にはこの句から「よし何でも見て来るぞ」という意気込みのようなものを感じます。実は歌人はお二人で、土屋文明先生と石川信雄という方がご一緒でした。俳句からは加藤楸邨だけです。後で分かったんですが、この石川信雄という方は、楸邨には弟が一人いましたが、その弟と偶然同級生だった方でした。それもあってか、とっても良い雰囲気で三人で旅行したようです。行く時は船で行って移動する途中で別れたようですが。この石川信雄氏は、帰ってきてから割と早く亡くなっていて。妹さんが信雄氏の帰国後の文章から、その歩いた跡を地図上に辿っていったらしいのですが、それを楸邨の『沙漠の鶴』という句文集（全句集には俳句のみ、全集には句と文章が全部載っている）に当て嵌めて、地図の上を、虫ピンを挿しながら辿ったらしいのです。妹さんから信雄氏の文章と『沙漠の鶴』の文章がぴったり合っていて、大変感動されたというお電話をいただいたことがあり、私は妹さんが比較されたということに感動していました。

また楸邨はこんなことを言っていました。「歌人は俳人とは違うね、向こうに着いたら、ああ、文明先生がいらしたと言って歌人が多数集まって来る。俳人はほんの少ししか来ない」と。五十四歳とではキャリアが違いますからね。お弟子さんが中国にいっぱいいらしたのだと思うんですね。アララギを継いでますしね、「それで下にも置かぬもてなしなんだよ」って言っていました。いろんな料理屋さんなどに連れても行く。「文明先生はあれは良かったよね」と言っていましたけれど。

それから変なお話するようですけど、文明先生は万里の長城に行ったとき、今でもトイレはそんなにちゃんとはしてないと思うんですが、とにかく野原にいれば野原でするんだそうです。沙漠にいれば沙漠で。中国人は平気でしていたそうです。大の方のことなんですけども。文明先生はそれを見て「楸邨さん、この大きさを見て下さい。これじゃ日本は勝てませんよ」と言ったんだそうです。「体力が違いますよ」って。

四．『韮菁集』

文明先生はこんな歌を作っています。

利己のみの民といふなかれ斯《か》くまでに力を集め国土を守る
垢つける面にかがやく目の光民族の聡明を少年に見る

戦争がどうこうなどとはほとんど詠んでいないんです。庶民に光を当てています。それから渡邊直巳って方がいらしたようですが、多分歌人と思いますが、

渡邊直巳戦死のあとを見すといふ塩ふかく土を踏みてつきゆき

戦死した場所ということで、塩吹く土を踏んでついていくということで、実感が伝わってきます。この旅行だけで文明先生も歌集を一冊纏めています。

『韮菁集』（かいせいしゅう）ですが……。その他に〈長城でついうたた寝をしていたら〉とか〈運ばれていた豚が黄河に落ちて泳いでいる〉とか、実に悠然としていてゆとりを感じます。何時命がどうなるか分からないような所にいて、私はやっぱり長生きする人は凄いなあと思って感心させられました。

五．楸邨の『沙漠の鶴』より

楸邨の句は、詳しくお知りになりたかったら『加藤楸邨全句集』をお読みになるといいと思います。私は『沙漠の鶴』の初版本を友人にいただきまして、それは嬉しかったです。宝物のようなものです。神田の古本屋さんで手に入れたものなのですが、青山学院時代に川瀬先生へ贈ったものでした。（川瀬一馬兄に捧ぐと書いてある）。挿絵が川端龍子で大変趣のある挿絵です。駱駝とか仏像とかその他、物の本質を突いていて、清潔な感じで。そういうことがあります。古本屋さんを探していると。

楸邨もこの旅で『沙漠の鶴』という句文集を一冊残しています。文章と句から成っていますが、単独で一冊ずつになる分量の句と文が入っています（『加藤楸邨全集』には文章も載っています）。

がうがうたる洪水の音にかこまれぬ

これは楸邨に話を聞いたことがあるんですけど、沙漠というのは水が何も無いようだけれども、ゴビ砂漠というのは固いんだそうです。砂に土や小石が混じって固まっている所が多くて、さらさらした砂とは砂漠といっても違うんだそうです。そこに上流の方で雨が降りますと、どおーっと流れてきて洪水になってしまうんだそうです。遥か彼方から流れて来て、洪水になるんですからすごいですね。「がうがうたる洪水」に、たちまちのうちに囲まれてしまうのは、決してオーバーなことではないのです。やっぱり中国は広いんだなあとも思います。

ただ赭土ただ土屋ただ炎天下

すっきりして男らしい句ですよね、何もこうですよああですよと言わなくたってそれが分かるんですよね。
この旅行で、実に多くの句を作って来ていますが、この中では、

天の川鷹は飼はれて眠りをり

が、最も有名になったと思います。また、実際いい句です。

み仏に燕《つばくろ》に戦いつやまむ
めくるめき炎日下戦死者ばかり見き

等、戦争を感じさせる句もあります。すっきりしていて、情景が分かって、ああだこうだと言わずに、作者の気持ちの出ている句を作っています。

六．大陸行の実相

行く時の覚悟というのは従軍と同じような感じだったのではと思います。ゴビ砂漠の奥の方まで入って行っていますから。その時は陸軍の兵隊さん達が護衛に一緒にトラックに乗ってくれたそうです。先ほどの洪水の話ではありませんが、草が生えていると草原の状態がわからず、そこをトラックで移動してますと、ある所でずぶずぶと潜っちゃうんだそうです。「早く飛び降りて」という声ですぐに飛び降りないとトラックごと全部沈んでしまう。

また、これは楸邨の話したのを聞いたんですけど、汽車で移動しているときなど蝗が発生すると、大群となって空が暗くなるほど真っ暗になって移動するそうで、線路といわず何処もかしこも全部蝗で覆われてしまい、作物も草もすべて食べられて、線路を汽車が走ると蝗の脂で滑って脱線してしまうそうです。それでそこから先はもう行かれなくなるんだそうです。

中国は広いですから、当時から国内は飛行機でも移動するんですが、もう一寸で飛行場に着くという時に、そこが爆撃されていて降下出来ずに引き返したこともあるとか。

それでも楸邨は無事に帰って来たんですけど、旅の最後のほうの句にこんな句があります。

嘘つけば嘘のゆくへに蝶舞へり

という句ですが、これは出来るようでいて下手にやればおかしな句になってしまいます。本当に嘘をついたのか、それともつかなかったのか、何で嘘をついたのか。句を通して興味が広がります。わかるようでわかりにくい句で、しかしやっぱりこういうのが出来るってことは、素晴らしい人だったんじゃないかと。

文明先生の『韮菁集』なんですけど、わたしの持っている本は単行本位の大きさの本なんですが、わりと遅くに出ています。昭和五十八年に発行となっています。（初版は昭和二十一年）

楸邨の『沙漠の鶴』は昭和二十三年なんです。昭和二十三年というと府立第八高女（現都立八潮高校）の教師をしていた時で、空襲で焼け出され、一時そこの同窓会館に仮寓していました。原稿や本も、もちろん机も何も彼も全部焼かれたので、りんご箱を置いてそこで一生懸命何か書いていたのを見たことがあると、訪ねた方が書いているのを読んだことがありますが、このような時に出来たりんご箱の上の『沙漠の鶴』なのです。今の北千束の家が昭和二十三年に建っていますので、その同窓会館から北千束に家を建て、永住したのだと思います。

実にまとまりのない話で、恥ずかしいのですが、これで終わらせていただきます。ご静聴ありがとうございました。

寒雷創刊八五〇号記念俳句大会講演より

巻末に

晩年の母（瑠璃子）とは、よく俳句談議となった。母の作句、推敲に引き込まれたといった態である。「こんな風につかみ取ったんだけど、伝わっているかしら？　良かったの、素晴らしかったのよ」「ならば語順はこうではないか？ここでは、『の』は不要では？」云々。

訪れた先で、活き活きと生活されている方々の話を聞くことが好きであった。まったく素直に感動していた。この句集の題とした「雷の跡」も、そんな一夜の談議と創意による。山に雷が落ち、山肌が黒々と、あるいは樹の幹が黒々とえぐられる。現地の方が「『黒コゲ』と呼ぶ」と語った、というのである。こういった「感合」を何とか一句にまとめあげたいと、夜が更け、逡巡の挙句、元に戻ることが多々であった。

雷の跡黒コゲといふ冬の尾根

決して秀句の類には入らないであろうが、最晩年の母との推敲の熱意が輝いた、忘れえぬ時間であった。一抹のあきらめを含めながらも一応の納得を見せる母の顔は美しく、作句への情熱は尊敬に値した。また、衰えに日々抗いながら、この句集編纂にむけても、自分自身にとことん厳しく、そして、「確かに」と唸らされてしまうような、自句の取捨を重ねた。

句集をまとめるにあたり、季節ごとの順よりも、結社「寒雷」に発表掲載した順を尊重いたしました。

母の最晩年、闘病、体調不良の中、自身の過去の作品や他の方の印象深い作品に発想を重ねてしまうこと、判断の混濁等はみられたようであります。作句において思いもよらぬご迷惑をおかけしたとしましたら、陳謝申し上げます。ご容赦頂きたくお願い申し上げます。

俳人、加藤瑠璃子を支えてくださった皆様、成長させてくださった皆様に衷心より感謝申し上げます。この句集をまとめるにあたりましても、読み返しましても、「寒雷」「暖響」のご関係者をはじめ、旧知交友の皆様への感謝の念は沸き起こるばかりです。誠にありがとうございました。

令和三年九月

加藤真幸（加藤瑠璃子　長男）

著者略歴

加藤瑠璃子（かとう・るりこ）

昭和十一年九月東京に生まれる
昭和三十五年楸邨次男冬樹と結婚
昭和三十九年より「寒雷」投句
昭和六十年同人に推挙、編集部員
平成二年「寒雷」清山賞受賞
平成八年「寒雷集」選者、発行所主事
平成二十年より編集長、平成二十七年暖響会会長兼務
平成三十年「暖響」創刊に伴い暖響会顧問
令和二年十一月四日逝去
句集『白牡丹』『蒼き隠岐』『吊し雛』合同句集『歳華悠悠』
（昭和二桁生まれ、上巻）共著『楸邨俳句三六五日』
現代俳句協会副会長・監査役、日本ペンクラブ会員、日本文藝家協会会員、国際俳句協会会員

句集　雷の跡　らいのあと

初版発行　2021年10月25日

著　者　加藤瑠璃子
発行者　宍戸健司
発　行　公益財団法人　角川文化振興財団
〒359-0023　埼玉県所沢市東所沢和田3-31-3
ところざわサクラタウン　角川武蔵野ミュージアム
電話 04-2003-8716
https://www.kadokawa-zaidan.or.jp/
発　売　株式会社　KADOKAWA
〒102-8177　東京都千代田区富士見2-13-3
電話 0570-002-301（ナビダイヤル）
https://www.kadokawa.co.jp/
印刷製本　中央精版印刷株式会社
 ISBN978-4-04-884450-5 C0092